KB122741

낙타의 눈물

2016 장애인 창작집 발간지원 사업 선정 작품집

낙타의 눈물

1쇄 발행일 | 2016년 12월 23일

지은이 | 강은주 외
펴낸이 | 정화숙
펴낸곳 | 개미

출판등록 | 제313 - 2001 - 61호 1992. 2. 18
주소 | (04175) 서울시 마포구 마포대로 12, B-127호(마포동, 한신빌딩)
전화 | (02)704 - 2546
팩스 | (02)714 - 2365
E-mail | lily12140@hanmail.net

값 10,000원

주최 | 대한민국 장애인 창작집필실
주관 | 장애인인식개선오늘(고유번호 305-80-25363. 대표 박재홍)
심사 | 발간지원 사업 심사위원회
후원 | 대전광역시, 대전문화재단, 대전시버스운송사업조합, (주)삼진정밀,
        (주)맥키스컴퍼니, 계간 문학마당
문의 | (042)826-6042

낙타의 눈물

강은주 외

개미

　새장 안에 갇힌 새들은 날 수 없을 뿐더러 자유를 갈망하는데도 불구하고 원근을 잊어버립니다. 길은 늘 마을에 닿아 있으나 장애인 문화예술에는 적용되지 않았습니다. 그렇다면 장애인 문화예술의 가장 큰 적은 무엇이냐? 라고 물으시면 서슴없이 '이동권의 제약이다'라고 말씀드리겠습니다.

　사막에 하루 만에 길을 내는 우리의 기술이 장애인에게 문화를 향유하고 발표할 수 있는 기회를 지금껏 주지 않고 있는 사실에 대하여 주목해야 합니다. 온라인은 세계의 장벽을 무너뜨린 지 오래고, 신 부족국가라는 타이틀 안에서 유리하고 있습니다만 아직 이 땅에는 문밖을 나설 수 없는 재가장애인들이 고립무원의 세상에서 살고 있습니다.

　콘텐츠의 생산적 가치는 국가의 부와 일맥상통함에도 불구하고 기초수급권이라는 금제에 의해 장애인 스스로의 생산성을 포기하는 나라는 흔치 않습니다. 우리나라는 이상하게도 장애인들의 생산성을 제도적으로 포기하고 있습니다. 재가장애인과 시설장애인은 지역마다 특화되어 지방자치단체의 자체의 흡수가 부족하여 전국을 떠돌고 있는 실정입니다.

그동안 전국 장애인을 대상으로 발간사업을 진행해 왔던 〈장애인인식개선 오늘〉의 노력은 항상 현실적 이해의 벽에 부딪치고 있습니다. 2011년 한국문화예술위원회에서 한국 최초로 장애인문학예술전용공간 설립을 지원받았고, 2013년부터 대전광역시가 전국 최초로 장애인인문학 예술전용공간 발간사업에 지원을 허락해 매년 지속사업을 실행해 왔습니다.

그로부터 3년째 접어든 현재에 이르러서는 〈대한민국장애인창작집필실〉은 2014년 세종도서문학나눔 우수도서에 세 사람의 작가를 배출하였고, 그에 따른 공로로 2015년 대한민국장애인문화예술대상에 문학부문 대상인 문화체육관광부 장관상을 수상하게 되었습니다.

2016년 현재는 어떻게 변하였을까요? 〈장애인인식개선 오늘〉은 대전지역 내에 거주하는 장애, 비장애 예술인들을 위한 특별한 기획을 하였습니다. 중증장애인 산문집 그리고 개인 시집과 동인 시집을 포함 총 4권 16분의 작가를 발굴하였으며, 한국문화예술위원회의 공모사업에 참여하여 선정되었습니다.

그리고 특별하게 그동안 발굴한 장애인 작가와 장애인 가족들의 발표된 저작물에 시 작품을 추려 작곡가를 위촉하고 작곡을 의뢰하였습니다.

충청권의 젖줄인 금강과 전통재래시장의 이야기를 담아 오케스트라곡, 시극, 무용곡, 가곡, 가요 등을 전방위적으로 콘텐츠를 제작, 기호학의 성지라는 충청권과 대전이라는 상징성을 브랜드화하기 위해 노력하고, 기호학을 성장 동력으로 삼아 장애인문화예술의 생산적 콘텐츠 제작을 위해 열과 성을 다하고 있습니다.

그렇습니다. 한국문화예술위원회, 대전광역시, 대전문화재단 어느 한 기관 소중하지 않은 것이 없습니다. 이제는 대전광역시 버스운송조합, 맥키스 컴퍼니, 삼진정밀, 렛츠런과 일일이 열거하지 못한 개인 기부자 등 지역에 기반을 둔 기업들의 관심과 후원자, 지역시민단체, 대전예총, 지역 예술인과 대전장애인단체총연합회 등의 응원은 자양분을 넘어 '장애인 문화운동'의 큰 밑거름이 되고 있습니다.

뿐만 아니라 장애인문화예술의 제도개선을 위한 노력은 포럼과 토론회를 통하여 지속적으로 펼치고 있습니다. 또한 장애인 인권의 하드웨어 구축을 위한 이해 당사자들이 학계, 기관, 사회단체, 장애인단체 등이 참여하여 민간교재 집필을 준비 중에 있습니다.

  그리고 전시 공연에 이루 헤아릴 수 없는 숨은 응원을 주신 분들과 자원봉사자들, 예술인, 청소년, 장애인, 알음알음 알고 찾아오셔서 함께한 시민들, 기관분들 한 분 한 분들이 얼마나 귀하고 소중한지, 또한 지역을 이렇게 뜨겁게 사랑하고 계시는 것에 회를 거듭할수록 감사함이 차고 넘치고 있습니다. 앞으로 대전광역시가 전국 광역단체 장애인들을 위한 프로그램 개발에 아낌없는 협력과 지원으로 장애인문화예술의 더욱더 큰 생산적 콘텐츠를 실행하여 지역민들과 지역 장애인들을 위한 사회공헌에 힘쓰고 싶은 게 작은 바람입니다.

  모쪼록 선정된 작가 여러분들의 노고에 깊이 감사를 드리고, 선정되지 못한 분들은 실망하지 마시고 다음에 더욱 좋은 작품으로 기여하는 계기로 만나지기를 진심으로 부탁드립니다.

  2016년 겨울
  장애인인식개선 오늘
  대표 박재홍

공동시집
낙타의 눈물
차례

그대를 그립니다 외4

강은주

아직도
내 안에 그대는
푸른 바다처럼
자리를 잡고 있습니다

멀리서
그댈 보면 볼수록
가슴이 아직도
하늘에 흰 구름처럼
떠 있는 것 같습니다

그의 앞으로
가까이 다가가
부를 수가 없지만
나의 작은 호주머니에
넣고 다니고 싶습니다

잊지 못할 여행

비가 내리는 속에
우리는 금방 하늘에서 날아오는
작은 요술쟁이 같다.

비가 내리는 속에
얼굴 가득 미소를 그치지 않고
견학을 하고 있다.

그치지 않은 빗방울에
내 눈은 따가왔지만 눈물 속에
들어온 아름다운 추억이 나뭇잎에
새겨지고 있었다.

거미줄 타는 여자

벽에 달력은 춤을 추고
머릿속엔 거미줄 대롱대롱
종이 위에 지렁이 한 줄 한 줄 가고 있다

한 땀 한 땀 엮을 때마다 걱정은 사라지고
어느새 완성된 거미줄 바람 그네를 탄다
마음은 촛불로 환하게 비춰진다

이슬방울이 내려 빛나는 왕궁
온몸에 기를 모아 미세한 가닥 촉각
날벌레라도 와서 앉기를 바란다

그물망 통신을 펼쳐 떨림 순간
아무도 찾지 않는
기다림은 그렇게

소나기

지난밤 비가
물방울 뚝뚝
창가에 비가 새어
가슴에 들어왔다

얼굴 파랗게 때리고
몸은 빨갛게 물들어
맑은 하늘 되었지만
아직도 가슴은 흐리다

꽃잎들 노래 부르고
나무들 춤추고
어깨 들썩일 때마다
차가운 눈물 떨어진다

시원하게 내리는 비
내가 울면 네가 웃고
네가 웃을 때 나는 운다

코스모스

세월 흘렀어도

한들한들 바람의 지휘 따라 춤추고

가냘픈 목을 쭉 빼고 있는 기린처럼

한 번이라도 그대에게 피고 싶다

강은주 _ 지체장애 1급. 행복문학회, 옥합문학회 회원. 대전 밀알선교단 단원. 피아노도 배우며 열심히 시도 쓰는 감수성이 풍부한 소녀 같은 마음을 가졌다.

가을 외4

박금중

가을
달이 밝다
고즈넉하게 동네는 잠들고
호수는 잠잠한데
달님이 발가벗고
찰방찰방 목욕한다
추석이 멀잖았구나

지나든 구름이 반해버렸다
미친 듯이 시샘하며
호수에 첨벙 뛰어 들었다
구름이 달님에게 사랑을 고백했지만

먼데 개가 멍멍 짖는데
고요에 잠긴 동네는
그림자만 드리운다

코스모스 꽃길

대전천을 따라 스쿠터 타고 달리면
코스모스가 가을의 전령사로 웃고 있다
여인들은 꽃을 꺾어 꽃다발 만들어 안고
선남선녀들 기념촬영 꽃 속에 파묻혀 있다
그대들이여 꺾여진 코스모스
서러운 눈물을 보았는가

추억 남길 기념촬영에 짓밟히고
꺾여진 코스모스의 눈물을 본 적 있는가
꽃다발 만드느라 꺾은 꽃들과
짓밟혀 서러워진 자유 어이하랴
얼마나 아파하며 고통으로 괴로웠을까
코스모스 흘린 눈물 그 누가 아랴

바퀴벌레

바퀴벌레가 쪼르르 달려 나온다
어디를 그리 급히 가는지
손으로 탁쳐 잡을까?

바닥에 놓아둔 책 속으로
들어가 숨는다
살기 위해서 이겠지

전자 모기채 찾아 쥐고
책을 들추니
숨어 있다 깜짝 놀라
달아 난다

전자채로 탁
팟팟팟!

고추잠자리

낙엽이 좋아서
낙엽을 닮았다
고추잠자리

멀고 먼
방랑의 길 떠나기 위해
간들간들
나무 끝에 앉아 잠깐 쉰다
고추잠자리

탕아로 살아온 지난 젊음이
후회스러워
울다
울다
눈이 퉁퉁 부었다
고추잠자리

허리는

날씬해졌구나
고추잠자리

나무에 생명이 피었습니다

긴긴 겨울에 잠을 자던 나무를 봄바람이 흔들어 깨웁니다
따뜻한 햇살이 나무들을 감싸줍니다

그에 대답하듯 나무들이 기지개를 펴며
가지마다 새잎들을 피어냅니다

난 이 나무들을 보며 나의 미래를 생각하게 됩니다
지금은 비록 외롭고 힘든 일 많지만
희망이라는 나무를 키우렵니다

거센바람에 흔들려도 다시 일어서고
화려한 꽃은 없지만 풍성한 잎을 가진
멋진나무! 그런 나무를 키우렵니다

박금중 _ 뇌병변장애 2급. 은퇴하신 목회자로서 예전엔 30년간 만화가로 교사로 지금은 항상 아름다운 시를 쓰려는 노력을 한다.

식어버린 생일 외4

박세아

토요일이 되면 뭐를 그리 바리바리 싸 들고
기차 타고 전철 타고 자기 숙명의 짐을 지고
목줄 타 들어가는 심정으로 나를 향한 나침반처럼

따르릉 전화가 왔다
식혜가 차가워서 배탈이 나니까 못 먹겠다
그러면 데워서 먹어라, 어떻게 데워서 먹냐고 화를 냈
다
조금 지나서 화를 잘 냈구나 생각했다

더운 여름 식혜 만드는 늙은 노모 얼굴에
땀방울 그을림으로 흘러내린 삶의 무게가
오직 병신 자식 하나 있는 것을 자신의 죄로 늘 머리를
조아린다

깜박 잃어버린 기억 속으로 회귀의 본능처럼
찾아 왔던 그 철길을 따라 창밖의 밤하늘
별들이 지나간다 그렇게 당신께 달려간다

여러 웃음들이 지나가고 나무들 햇빛을 향하고
시끄러운 과정 속을 지나와 지금 이 문에 서있다
이 집은 엄마가 나와 함께 살려고 지은 집이다

괜시리 찾아온 것은 아닐까
케익은 주인을 잃어버린 채 굳어 있다

용두에서

태풍 이후 아무도 찾지 않는 갯벌 햇빛만
달아오르는 연무 속 요트 이리저리 춤추고
호루라기 구령에 맞춰 파도소리도 열을 맞춘다

밀물은 어느새 산 언덕 올려다 놓고
물기 빠져 버림받은 소라 껍데기
파도소리 따라 뭉게구름 따라 꿈을 들여다본다

물은 먼 길로 도망하고 조마조마 쪼그라든 튜브 몇 개
따가움만이 다가올 때 바람 부는 송림의 그늘
달궈진 모래 찝찔한 마음을 후련하게 해준다

근심 잊으려 파도에 맞서 보지만 패배의 너울은 피할
수 없다
기력이 사라진 몸을 지팡이에 의지하는 몸이지만
순풍이 불기를 기도해본다 아니 태풍이라도 돌파하고
싶다

석양이 지는 구름 사이로 여름 기러기 지나간다

엄마 냄새

작은 모래 언덕도 에베레스트나 마찬가지
모래산은 한 걸음 전진하기도 어렵다
허우적거려 어디로 갈지 모르는 손과 발 구령에 따라
움직인다
산을 넘어 기어온 것도 기적 이제 바다에 몸을 맡기고
오늘도 부딪치는 망망대해 몸을 실어 둥둥 허공을 휘
젓는다

여기까지 온 것도 다행 다시 길을 찾아 가지만
밤하늘 달빛만이 친구가 될 뿐 누구 하나 반기지 않고
너무 작아 물고기 밥이나 안되면 다행 세월이 살게 했다
미로 같은 바닷길 천분의 일을 뚫고 헤쳐 나와
이제는 무서울 것이 하나도 없다

상어와도 싸울 수 있다 이제 나와의 싸움에서 이겨야지
연어들처럼 냄새를 찾아 긴 여행을 떠나고 싶어
숙명과 같은 회귀 고향을 향해 빨리 움직인다
목을 조이며 생명까지도 걸고 오던 길

거칠 것이 없는 기러기 떼처럼 훨훨 날아서 간다

정겹게 옆으로 다가와 인사를 하듯 스치고
처음 맡았던 모래 내음 산과 바다가 눈 안에 들어와
하나라도 더 보려고 눈을 이리저리 굴린다
땅 파고 또 파서 깊숙이 엄마의 심장에 심었다

행복한 송림마을

울룩불룩한 껍질 줄기 가지 벌리고
사랑은 손짓으로 몸짓으로 눈빛으로
솔방울 사이로 바람 따라 흔들리고
꽃들 속에 행운 지닌 웃음 지나간다

푸르른 엄니 같은 거대한 품속
어둑해진 밤 등불들이 하나 둘씩
성공을 향해 켜지면 너 한번 잡기 위해
삶 바다 위 쪼여드는 그물 던진다

그다지 폼 나는 삶은 아니지만
송림 사이 시원한 한 가닥 바람 좋은 곳
아직 물고기 많이 잡지 못했지만
아이들 웃음소리에 찬거리는 된다

늦은 밤 엘리베이터 단추를 누르며
진절머리나는 삶, 땀 냄새는 나지만
화분에 있는 로즈마리 향 나를 반기고
아이들 눈에 들어오면 피곤이 싹 가신다

행복식당

아무 때나 가도 반가운 눈길
힘들어도 속상해도 따듯한 손
미소 넘치고 인정은 한 상 가득하다
작업 끝나고 허기진 배 채우러
밤톨 같은 청년, 땀방울 흘리는 얼굴들
아들 온 것인양 뜨거운 줄 모르고
눈썹 휘날리며 뚝딱 만들어낸다

대문 옆 강아지 삐도리는 꼬리를 흔들고
골목엔 아가씨들 치마 나풀나풀 춤 추는데
라면 먹이면서 처다 보며 웃음 터트리는
대학생 커플들, 물고 뜯고 맛보고 즐긴다
손맛 그리워 다른 곳 안가고 오는 대학원생
어디가도 이 맛 못 잊어 손님을 몰고 온다
서로 못 보면 안달이 나는 가족이 됐다

애인과 싸우고 헤어져 허전할 때
허기진 배 가득 채워주는 행복공동체

자동 걸음으로 먹을 때마다 느끼는 맛
큰 소리로 울고 싶어 엄마 품에서처럼
공부하면 뭐하나 취직 걱정 숨소리도 불안하다
하늘 보며 찾아왔다, 미소로 반기는 이모
이곳을 떠나면 무엇이 되어 있을까?

박세아 _ 뇌병변장애 1급으로 침례교 1호 목사. 시인. 2003년《포스트모던》등단. 장애인과 함께하는 한국행복한재단과 행복공동체 선교회를 이끌어 오고 있다.

갈치와 수제비 외4

복선숙

어린 나를 위해 도톰한 갈치 한 토막을
행여 가시에 찔릴까? 젓가락으로 발라 주신

당신은 어디로 가나요?
우리 아버지 술안주로 뱃속으로 여행을 떠난다

당신은 어디로 가나요?
친한 친구 다시마와 함께 끓는 물에 들어가
맛있는 수제비를 만들어 주신

어렵게 구하신 것도 모르고, 입맛이 없다며 안 먹는다
며
말하자 속상한 마음으로 나를 보시던 할머니

없었던 시절 나는 아무것도 몰랐다
할머니도 갈치를 좋아했고, 먹을 줄 안다는 사실을……

그저 몸 약한 손녀가 잘 먹는 모습을 보기 위해

할머니는 어렵게 구한 갈치 한 토막을 구우신다

사랑의 갈치 한 토막은 아련한 추억이 되어
내 가슴 깊이 박혀 있다

그 따뜻한 수제비 한 그릇 먹고
오늘도 힘을 낸다

다람쥐

산골짜기에 톡톡 떨어지는 밤과 도토리

아기 다람쥐 도토리를 한가득 모아
사랑하는 가족들에게 도토리를 꺼내놓는다

이제 곧 김장 날이다
김장 날이 오면 언제나 그랬듯이

"선숙 씨 김치왔어요?"라며 복지관 선생님의
다정한 목소리

나는 다정한 목소리를 들으며
김장철이 왔구나!

언제나 따뜻한 배려의 목소리를 들으며
맛있는 김치를 먹는다

이제 곧 겨울 못난이 아기 다람쥐도 오늘도 밤과 도토

리를
　모으기 위해 이산 저산을 찾아다니며……

　가을은 점점 짙어지고 붉고, 노란색으로 변해 가는데
　계절을 느낄 새도 없이 밤과 도토리를 모은다

겨울나무

나무들은 화려한 옷은 벗어 버리고
앙상한 몸과 손이 나를 슬프게 한다

어떤 나무는 부끄럽다며 고개를 들 수가 없다며
벌거숭이 몸을 몇 개 안되는 옷으로 몸을 가리고

희고 흰 눈이 오면
흰 눈에 파묻혀 마음껏 뛰 놀고 싶다

포근한 눈은 할머니의 품
포근한 눈은 그대의 품

벌거숭이 나무들도 흰 옷을 입고
포근한 그대의 품에 안겨 있다

삭막한 도시 안에
앙상한 나무 한 그루

바람이 살금살금 찾아와
후~ 하며 숨을 쉬면
새색시가 부끄럽게 옷을 벗는다
앙상한 자기 몸이 보기 싫었는지
자꾸만 바람을 원망한다

삭막한 도시 안에
부끄러운 새색시가 서 있다

고슴도치

다가가면 찔릴까?
겁이 난다
사랑 앞에선 누구보다 부드러운 너
자신의 행복보다 그의 행복이 더 중요한 너
이것이 너의 사랑인가?

그대는 하얀 꽃
눈이 오면 나뭇가지에
살포시 내려앉은
그대는 눈부신 하얀 꽃

이제야 너를 보낸다
까마득하게 너만을 사랑했어야 했고
내 젊은 날은 너로 인해 아파해야 했고
너로 인해 행복했다
마음은 아프지만 너를 보낸다

바람소리

바람이 랩을 한다.
바람은 세상에서 제일
가는 힙팝가수

바람이 랩을 한다.
비 보이 빨래들은 랩에
맞추어 신명나게 춤을 춘다.

바람이 랩을 한다.
무더운 여름 시원한 랩 소리에
나무들과 나는 춤을 춘다.

복선숙 _ 뇌병변장애 1급. 시인.

전쟁의 연기 외4

유현진

영하 10도를 넘나드는 혹한이
날 집어삼키려는 강직과의 전쟁을 하고 있다

매일 윗몸 일으키기 백 번
누워서 다리 들어 올려서 앞 좌우로 올렸다 내렸다 각
각 육십 번씩
복근운동하고 선생님의 손잡고 치료실 두 바퀴 걸으면
온몸이 바닷물로 덮인다

그러고 나면 양팔을 타자 위에 올려놓고 벨트로 고정
한 후 척추교정하고 나면
잠시 휴전이다

밖에 나오면 내 몸에서 화산이 폭발한 듯 연기가 난다
잔재들은 떨어져 소금 눈이 된다

삼십대가 가기 오일 전

내가 십대 초반엔 아버지를 잃고
십오 년을 소나무처럼 묶여 있다가
이십대 중반에 탈출해서 검정고시 봐서 합격했고
삼십대 땐 아버지도 생기고 하나님을 영접하고
홀로서기에 반은 성공했다
몸 상태도 조금씩 나아지고 있다
이제 사십이 되면 어떤 날들이 올까!
주님의 은혜만 가득했으면 좋을 텐데…….

비둘기 바퀴

비둘기가 바퀴처럼 인도 위를 굴러 간다

생각 없이 많이 먹었나!

계속 저렇게 가다 펑크 나겠다

집에 데려가고 싶었지만 또루룩 굴러가서 잡을 수 없
었다

하늘나라에선 천사의 날개가 되길 기도한다

뱅어포 하늘

달빛체 구름들이 뱅어포처럼 널려있다

내 마음이 저런 모양이다

뱅어포는 바람과 햇볕만 있으면 하루에 말라서

독립을 하는데 왜 나의 마음속 뱅어는 그대로일까

빨리 때어놓고 싶은데 세월만 잡아먹는다

상어보다 더 치졸하게

평강의 하루를 위해

지난 8년 전으로 돌아 가기 위해
운동치료에 집중하고 있다

근육들이 굳어 살이 찢기는 고통에 지쳤고
그걸로 인해 잠까지 설쳐 1년 동안 고난의 우울증까지
겹쳐 사막 같이 말라갔다

하루살이처럼 주사를 다섯 대식 맞고 약을 먹어야 견
뎠지만
이젠 그런 시간들은 사라지고 평강의 하루가 내 얼굴
에 흐르는 땀보다 빨리 지나고 있다

하나님의 은혜로

유현진 _ 지체장애 1급. 시인. 제2회 행복그리기 전국장애인문화예
술 대상 수상. 그가 그리는 세상은 너무도 투명하고 간절함이 묻어
있다.

내가 가야 할 길 외4

이철운

내가 가야 할 길은
주님이 가신
고난의 길이라네

멀고 험난한 길이지만
이 길을 마친 후 받을 면류관 바라보며
오늘도 이 길을 기쁘게 걸어가리

주여 나를 도우소서
승리하는 그날까지

주여 나를 이끄소서
밝게 빛나는 천국으로

낮엔 구름기둥으로 밤엔 불기둥으로
주님이 나를 인도하시니
주님의 발자취를 따라서 주님의 손을 잡고
이 길을 함께 가리라.

049

아름다운 비행

꿈의 날개를 펴서 내 꿈이 이루어질
그곳으로 떠나고 싶습니다

아침에는 강줄기를 따라
눈부신 해의 미소를 보며
저녁에는 별빛을 따라
맑고 청아한 달의 노래를 들으며

숨이 막힐 듯한 찌는 더위와
얼어버릴 듯한 매서운 추위와
세찬 비바람과 휘몰아치는 태풍을 견뎌내고

앞이 보이지 않게 안개가 낀 날에는
바람의 흐름을
날개의 미세한 떨림으로 기억해서 길을 찾고

하늘이 투명하게 맑은 날에는 푸른 숲 향기와
살랑 바람에 흔들리는 꽃과 나무들의 손짓에 화답하듯

힘찬 날갯짓으로

숲이 우거진 높고 험한 산을 넘어
거센 파도가 치는 깊고 거친 바다 위를 날아서
언젠가 그곳에 닿을 때까지
쉼 없이 날갯짓을 멈추지 않겠습니다

꿈결 노을

노을은 태양이 꾸는 꿈
아련하고 선명한 꿈결로
오후에 마지막 시간을 흐르면

천지만물들이 너와 나 할 것 없이
노을빛을 덧칠한
붉은 옷을 입은 춤꾼이 되어
일렁이며 춤을 춘다

언젠가는 사라져 잊혀져갈 모든 것들이
후회와 아픔으로 묻히지 않도록

식지 않는 뜨거움으로
변하지 않는 아름다움으로 각인될
열정적인 춤을 춰
노을빛 꿈 한 장면에 새긴다

해가 뜨는 것은 생명의 시작과 같고

해가 지는 것은 생명의 끝과 같으니

그럼에도 노을이 아름다운 이유는
태양같이 타오르던 불 같은 생명이
생을 다하고 꺼진 불처럼 사그라져
한 줌의 재가 되면 검은 밤을 떠돌다

달이 만들어낸 빛의 터널을 지나
찬란한 별이 되어
다시 빛나기를 바라는
태양의 꿈이기 때문이다

종이배

당신에게 너무 큰 슬픔이 밀려와 눈물이 바다를 이루면
당신이 가장 듣고 싶었던 위로의 말을 종이배에 적어
당신의 눈물의 바다에 띄워 보내드릴게요

그러니까 이제 울지 말아요
빗방울이 되어 떨어지는 당신의 눈물에
종이배가 젖어 가라앉지 않도록
먹구름에 숨어 있는
당신의 햇살같이 따뜻한 미소를 보여주세요

어설픈 동정이 아닌 당신에게 완전한 위로가 되어
당신이 더 이상 슬퍼하지 않고 언제나 웃을 수 있도록

거짓과 가식은 가위로 오려내듯 잘라내고
네모난 종이처럼 네모 반듯한 진심과 정성으로
이기적인 나를 접고 접어
내가 아닌 당신의 입장에서 당신의 아픔을 헤아려
어떤 슬픔에도 지워지지 않는 희망의 낱말들로 쓴

당신에게 위로의 편지가 되어줄 종이배가 되겠습니다

눈물이 바닷물같이 짜다는 것은
눈물이 마음의 바다에서 흘러온 것이라
그런 거겠죠

비록 돛대가 없는 작고 볼품없는 종이배지만
그만큼 가볍기 때문에
바람 한 점 불지 않아도 멈춰서거나 표류하지 않고
흐르는 물결을 따라 흘러갈 수 있으니

당신에게 전하고 싶은
위로의 편지를 접어서 만든 종이배가
당신의 마음으로 이어져 있는 물길을 따라 흘러가
당신에게 닿기를 바랄 뿐입니다

보름달

손꼽아 셀 수 없는 수많은 별들 사이에
밤볕이 눈을 뜬다

초승달은 달의 눈웃음
어느 누구의 눈웃음이 이리도 고울까

반달은 근심이 깊어 반쪽이 된 달의 얼굴
세상 모든 이의 슬픔을 안은 듯이
같이 슬퍼해 주는 구나

보름달은 한 송이의 꽃
여느 꽃이 이처럼 예쁠까

달에 사는 토끼의 솜털보다
따뜻한 엄마의 사랑을
아무리 예쁜 꽃을 엄마에게 드려도
보답할 수 없겠지만

달에 사는 토끼의 절구질보다 힘겨운 날들을
나이가 들어도 철없는 자식들을 위해
참고 살아오신 엄마에게
어여쁜 단 한 송이의 달꽃을 드리고 싶어요

아! 이제야 생각해보니
보름달이 엄마의 모습을 닮아
이토록 포근해 보이는 거였네요

이철운 _ 지체장애 1급. 시인. 근이양증으로 37년, 이젠 **뼈**만 남았다.
호흡기를 의지해 살지만 엄마와 시가 세상과 소통. 손가락 하나 움
직일 수 없어 시 한 편 쓰는데 1년이 걸린다.

갯마을 외4

장명훈

썰물 때가 되면
갯마을 사람들이 하나 둘씩 어깨에 바구니 메고
험한 뻘길 사이로 걸어 나온다

갯벌을 한참 동안 해매고 있던 어부의 고된 삶이
어느새 이마에 흐르는 땀은 짠바람이 되어
바위 같은 얼굴에 부딪치는 썸 소리가 파도처럼 들어
온다

갯벌 속에 숨어서 보이지 않은
고동과 조개를 잡고 있던 바닷물에
어부의 아내는 거칠어진 손으로 삶을 담고 있다

지하철 안에서

스쳐 지나가는 눈빛들이 앉아
내 어설픈 말과 행동 하나하나

가시로 박힌 시선들이
내게로 오는 것을 느낀다

짧은 시간에 마주친 상처를 받지 않고
난 자유롭다

바람처럼
바람처럼

가로수의 꿈

쉬고 싶지만 쉴 수 없는 가로수
매연 속에 중독된 삶을
정처 없이 살다 보면

나만의 공간에서
편히 쉬고 싶은 가로수

아름다워지기 위해 여기저기서
가지치기 하고 있었던 한 사람
몸통만 남아 있는 가로수

삶에 지친 나무는 숲 속으로
돌아가고 싶어서 몸부림치고 있다

눈물꽃

한 잔 술에
사연을 담아
노래를 부르는
우리 엄마
청춘의 서약은
한 가락
바람 속으로
사라진 아픈 이별
어느새
늙은 껍데기로
살아온 지난 세월
죽고 싶었지만
장애아들 때문에
한으로
눈물꽃이 되어 있다

오아시스 2

비틀거리는 몸으로
정처없이 사막을 걸어가고 있다

하얀 모래 위에서 헤매고 있던 나는
목마른 시인으로

오아시스 같은
단어를 찾기 위해

오늘도
애절한 사연을 찾아 헤매고 있다

장명훈 _ 지체장애 2급. 시인. 시집 『그대 가는 길』. 그의 시 속에는
사랑과 좌절 분노가 표현되지만 세상을 용서하려는 아름다움 마음
이 내면에 녹아 있다.

종이인형 외4

최민희

여인이 날 낳았다

종이처럼 찢어질 것 같고 낙엽처럼 부서질 것 같았나
보다
엄마는

당신은 자신과 나를 보이지 않은 새장에 가뒀다
살면서 누구한테라도 보여주기 싫었나 보다

난 차츰 사람이 되어 갔지만
엄마는 그 사실을 알아차리지 못 했다

바깥세상이 궁금한 나머지
새장을 나섰다

엄마는 처음으로 매를 들었다
당신의 눈가에선 눈물이 떨어졌다
그 눈물이 종이인형의 가슴을 적셨다

고슴도치

제 몸에 돋아난 가시 때문에
사랑할 수 없는 것이 아닙니다

옷깃만 스치는 인연이라도
항상 기다립니다
몸속에 감추어진 따뜻한 심장이
당신에게 전해질 수 있길 기다립니다
바라봐주지 않아도 슬퍼하지 않겠습니다
잠시 동안 당신의 미소를 볼 수 있으면 만족할 테니까
요?
내 마음에 당신을 간직할 수 있는 나날들이
나에겐 행복합니다

작은 새

터널 안
작은 새 한 마리
밤하늘에 떠 있는 별만큼 닿을 수 없는 출구
작은 날개로는 그곳으로 갈 수 없네

기어서라도 터널을 나와
그대의 품에 안길 수 있다면
날개가 바람에 흩뿌려질지라도
정녕 좋으리라

힘껏 날았지만 파닥거리는 날개
벽에 부딪혀 나동그라진 가슴
울부짖음은 허공 멀리 사라지고 말았네

멀리서
가까이 다가오는 기적소리

흐릿한 정신은 그대를 찾아 헤매이네

한번만이라도 듣고 싶은 그대의 목소리

기적소리는 그 간절한
그리움을 밟고 지나갔네

꿈

어스름한 저녁
가로등 아래 앉아 있는
어느 노인

기타를 튕기며 전하는 몸짓은
젊은 사람들은 모르는 옛 노랫가락이다
들으려 하지 않은 이야기를
노인은 흥얼거린다

꽃들은 관객이 되버리고
달빛은 조명이 되버린다

낡은 기타는
아직 끝나지 않는
노인의 못다 한 꿈이다

그리고⋯⋯ 그 후

아이는
거리 한복판에
오도카니 앉아 있다

희붐히 밝아오는 핏빛 새벽녘
날카롭게 불어오는 칼바람
그보다 더, 아려오는 건
매스껍게 불어오는
자욱한 연기

얼음처럼 차갑고 칠흑처럼 캄캄한 곳
타고 있는 풀과 찢긴 노란 민들레
부서져버린 건물들
이곳은
아이가 뛰놀던
어제의 거리였다
아이의 초점 잃은 눈동자는
엄마를 찾아 돌아다닌다

이지러진 이념
목숨을 건 땅따먹기
아이는 힘없이 하늘을 올려다본다
태양이 밝아온다

최민희 _ 뇌병변장애 1급. 시인. 행복문학동인회, 옥합문학회 회원.

독도 외4

한종혁

파아란 하늘
동해바다
외로운 섬마을
너울대는 파도
거센 풍파 맞으며
홀로 외로이
서 있는 너

날아가는 새들도
가던 길을 멈추고
바람도 살며시
쉬어가는 섬

이름마저
외로워서
독도라 불리우는 섬

돌아가는 발걸음

마음 아파도
그리운 날이면

한걸음에
달려갈게
외로운 섬 독도야

기억 속에
그리움으로
남는다

자전거

삶의 길
바람을 가르며
질주하는
녹슨 친구야

따르릉 따르릉
이젠 정든
너의 목소리를
들을 수 없어

두 바퀴로
쉬지 않고 달려온
내 인생의
자전거 위에

이제는
세월의 먼지만
수북이 쌓여간다

창가에서

나는 오늘도
새벽안개
고요히 내려앉은
창가에서

지나간 시간들을
하나두울
꺼내어 비추어
봅니다

하나하나
꺼내어 보면
추억의 사진
필름처럼
뇌리를 스치며
한 줄기 강물이 되어
망각의 강을 거슬러
흘러갑니다

마치 지나온
세월을 낚아 올리듯
창에 기대어
그대를 그리며

핑크빛 사랑의
흔적을 쫓아
혼자만의
여행을 떠난다

지평선

하늘과 땅이 맞닿은
지평선 너머
둥근 달
솟아올라
붉은색으로
대지를
색칠한다

온 세상을
품에 안은 듯
고운 빛깔로
하늘을
물들인다

달이
지평선 아래로 질 때
땅끝까지
이어지는

내 마음의 지평도
넓어지겠지

선생님

학교에 가면
선생님의 책상 위엔
언제나 여러 가지
책들이 놓여 있지요
무엇을 가르쳐 주실까
사랑 가득한
우리 선생님

플라타너스
향기처럼
지혜로우신
선생님의 사랑
그 사랑에서
풍겨나는
사랑의 향기

교실에
가득한 향기는

우리를 위하시는
고마우신 선생님의
사랑의
향기지요

한종혁 _ 지체 장애 3급. 시인. 2007년《한겨레문학》등단. 대전시
장애인 문화예술대상 시부문 우수상, 전국 장애인 근로자문화제
입선.

울엄마 외4

오지훈

문 옆에 서서 나를 기다리던
내가 나오라고 꽃을 날리던

내가 하는 말은 바람인양 날려 보내는
그래도 나에게 아껴 맛있는 것이 있으면 먼저 주는

내가 사는 집이 낡아서 새로운 집으로 바꾸어준
자기가 바꾸어 준지도 모르는

나는 지금 그 사람이 그립다고 말합니다
보고 싶으면 보러 가면 되는데

내일 보러 가렵니다
그 사람이 그립습니다

드로잉

나라는 하얀 도화지
언어라는 물감으로 그림을 그려
나만의 이미지로 보여줄까

나라는 악보
음율이라는 음색으로 음악을 만들어
나만의 소리를 들려줄까

나라는 민기둥
감수라는 조각칼로 작품을 만들어
나만의 형상을 보여줄까

비가 와서 이미지가 번지고
빗소리에 내 마음이 들리지 않아도
나만의 것을 보여주고파

예수

정금보다 귀하고 비둘기 같이 고결한
시인의 명상 저편에 존재하고픈 이
내 마음속 아롱아롱 스며들어
수풀을 헤집고 일어서라 속삭이네

피 묻은 두 손 모아 양떼가 가는 길 손짓 할 때
저 발치서 바라보는 사람들이
내 마음속 아롱다롱 스며들어
에덴의 동쪽으로 가라고 으르렁대네

시인들의 묘사 저편에 앉아계신 그분
까만 적막 속에서 나지막이 들리는
목소리가 내 마음속 스며드는 것
구름 달 가리듯 바라보다가

적막을 깨고 나온 보름달
까망을 걷어내 나에게 오네

살기

바 모양 기계가 꼬끼오
날이 밝아오는 고요 속의 외침
날 만들어 시퍼렇게

불타는 붉은 옥이
나를 태워 재가 될라
칼날을 무디게

불나비 불을 좇아 제 몸을 채우듯
불 속에서 나오는
불새

바 모양 기계가 다시 꼬끼오
깨지는 그릇같이
세워진 칼날들

곡성

아이가 묻습니다
무엇이 중한디
잘 생각해봐
내가 답합니다

신부가 묻습니다
너의 정체를 밝혀라
밝히면 모하냐
도깨비가 답합니다

내가 묻습니다
너는 뭐하는 년이냐
지금 가면 다 죽어
무녀가 답합니다

너는 이미 다 보았는데
보고도 믿지
못하느냐

믿고 싶지 않으니까 그렇죠

오지훈 _ 지체 시각 중복장애 2급. 시인. 방송통신대학교 영문과 졸업.

가을이 오면 외4

우기식

가을이 오면
누구에게도 흠 잡히지 않는
단풍 보물이 있다

겨울은
얼음여왕에 사로잡혀 얼어 버린 느림보마냥
옷깃 여며 더디 움직이는 로봇춤 추는 사람들
차갑고 냉철한 깊은 어둠 속에서 봄이 오길
고난苦難의 인내로 죽을힘 다해 뿌리내려야 하고

봄엔
대나무 죽순 피우기까지 흙을 파헤쳐 꿈틀거리다

여름에 와서는
폭풍처럼 밀려오는 홍수의 반란
턱턱 막히는 세상살이의 쩍쩍 갈라지는 가뭄처럼
 어느 것 하나 편히 쉼 없이 달려가는 발걸음의 지친 울
음들

가을이 되어서야
혼돈混沌 꿋꿋이 이겨낸 꿈 가득 들인 너의 이야기

가을은
누구에게나 알록달록 해고解雇의 열린 마음으로
무엇을 담든
사람과 사람 사이의 실수도
그대로 받아들이는 너그러운 웃음 가득하다

수통골

대전의 명물이라
사람 냄새 좋아하는 녀석에게
수평아리 셋, 암평아리 하나
알에서 갓 부화한
암평아리 하나와 함께
발에 자연을 심으러 산길 오르다
작년 낙엽수 가득 머금은
시원한 생명수 만났다

정상이 싫어
높음이 싫어
교만을 버린 겸손 따라 산을 해산解散하던 중
사람이 쳐놓은 욕심보를 가까스로 넘어
힘겨운 곡예 부리며 점占 찍어 흐르다

가을 수통골 물은
시원스레
막힌 가슴 뻥 뚫는 차가움으로

병아리들의 추억 아로새기며
자식삼은 아이들의 웃음 싣고
또다시
졸졸졸 길 떠난다

우리
길 아닌 길에 발길 멈추고
길 가던 또 다른 낙엽 목축이는 순간

산행여유

지팡이 앞세워 산길 떠나는 사람들에겐
하늘을 벗삼아
파릇파릇 이야기의 꽃 돋아내는
무언無言의 긴 대화의 숨소리가 있다

잔소리 많던 일상 훌훌 털고 일어나
침묵의 산길 오르다 힘이 들면
흙내음의 보약으로
새 기운 얻고
아무 곳 마음 닿는 곳에
질주疾走의 여정 풀어 쉼 얻는다

가쁜 숨을 심호흡으로
분노를 인자함으로
분주함을 여유로
고난을 인내로
뒤엉킨 실타래를 한 올 한 올 풀어가는
자연의 너그러움에 고마워할 줄 아는

자연인으로 돌아가는 시간

콘크리트에 둘러싸여 지낸 괴물은
그렇게 그렇게
흙과 계곡과 나무와 사랑에 빠진다

호박넝쿨 담장 넘다

호박넝쿨이 화려하게 치장하고
꼬물꼬물 담장 넘어
두리번두리번
집 나서고 있네

순찰 돌던 강아지
담 넘는 호박넝쿨 곁눈질로
이놈하고선 호통치고
멋쩍은 웃음으로
길 열어주네

담 넘어가다
거꾸로 떨어져 콧방아 찧어도
담타던 고양이 발톱 할큄을 당해도
담장 밖 넓은 세상 향해
푸른 줄기 뻗네

장수풍뎅이

그의 고향은 눅눅한 종이컵
10cm와 10cm의 공간 차지한 그
검은 몸의 부화
그는 쿤타킨테
후예라 했다

자연에게 상속받은 참나무는 없다
투명 사각면체에 갇힌
숲 모르는 어미
뭉개진 뿔로 미라된 아비만 있다
투명한 창밖으로 쏘아올린 시선
대물림의 가난 물려받았다
그의 자유로 제 배를 불리겠다는 상인의 포로일 뿐

어린 소비자의 흥정
날개 대신 손아귀의 권력으로
수직상승과 하강의 공포를 몰아넣는다
날개 퍼득거림 빼앗는다

날개 부러진 샐러리맨의 일상

여섯 개의 다리
만 원의 인생 바등거려
허공의 참나무 붙잡는 그
갇힌 어미와 아비 닮았다

우기식 _ 국가 유공 5급. 시인. 2012년 《시와정신》 등단. 대전 늘기찬 침례교회 담임목사. 성악가(바리톤). 사회복지사. 케리그마 앙상블 사무국장.

겨울 나그네 외4

성경식

매서운 한파 속에
움추려든 몸을 이끌고
낭만을 간직한 채로
길손되어 떠도는 삶

고독을 떨치려
선술집 귀퉁이에서
한 잔 술로 마음을 달래고
세월의 한 자락을 스쳐 가는 길에
누구없소, 누구없소
애달퍼 벗을 부르네

가슴에 묻어둔 절절한 사연을
추억어린 뜬구름으로
하늘로 날려보내며

이밤이 지새면 새벽이 깃들고
기다림 속에

그리움 속에
피어나는 봄의 향내는
겨울 나그네를 손짓하네
오라 부르네

겨울산의 정취

뿌연 안개꽃 고요함에 젖은 채
산등성이에 피어나고
청천가 청운은 고산 위에 깃들어
풍광을 자아낸다
노송은 엄동 속 칼바람 맞으며
오가는 산 사람에게
나와 함께 머물다 가구려
머물다 가구려
소리 없는 사랑 놀음에 젖는다
고송에 붙어 있는 앙상한 가지는
또 다른 봄을 기리며 나푼나푼
적막에 잠긴 골짜기에는
잠자는 영혼을 깨우려는 듯
계곡물 소리 귓가에 정겹고
산새들이 토해내는
애련한 노랫가락 들으며
흥에 젖어드는 사람들

춘풍

소소리 바람 불던 날에
생기 돋는 잎새들
하늘하늘 나부끼고
봄소식을 알리려 넌지시 손짓하며
누군가를 부르는 바람소리에
잠을 깬다
여인네들 옷소매를 여미며
살랑살랑 봄 기운에 젖어들고
먼 발치에는 아스라이 펼쳐진
아지랑이 피어올라
또 다른 풍광을 자아내며
봄을 재촉한다
만물이 소생하는 기지개 속에
바람을 타고
바람에 쏠려
봄을 반기는
기다림이 있다
그리움이 있다

바람 부는 날에는

바람 부는 날에는
강바람에 배를 띄워요
바람 부는 날에는
산바람 타고 산을 넘어요
산을 넘고 물을 건너서
바람에 실려
님을 찾아 떠도는 길에
애련히 젖어드는
님을 향한 그리움으로 꿈을 꾸고
속살속살 귓가를 간질이는
사랑의 연가 소리 곱게 물드네
산에는 노고지리 우짖고
강에는 청동오리 입맞춤하며
또 다른 사랑을 노래하는 바람소리
바람 부는 날에는
저녁노을 한껏 멋을 내며
구름을 타고 붉게 타오른다오

인생의 꿈

선과 악이 어우러진 이 세상에
사람과 사람은 각자마다
속속들이 절절한 사연을 안고
거친 들판길을 헤매며
순례의 여정을 떠난다
홀로이 떠나는 적적한 길을
한숨지으며 눈물을 삼켜도
삶의 한 모퉁이에서 불어대는
세찬 바람에 잎새는 힘없이
떨어지거늘
멀고 험한 길이라도
무지갯빛 희망으로 마음을 달래며
저만치 뿌리내린 청솔의 꿈은
구름바다를 건너
바람 한 자락에 몸을 싣고
떠도는 인생은 아름다워라

성경식 _ 정신지체장애 2급. 시인. 가톨릭문학 운문부문 우수상, 한
밭백일장 산문부문 장려상 수상.